影子，光的礼物

索朗旺久 著

春风文艺出版社
·沈　阳·

图书在版编目（CIP）数据

影子，光的礼物 / 索朗旺久著. —沈阳：春风文艺出版社，2023.12
ISBN 978－7－5313－6609－6

Ⅰ. ①影… Ⅱ. ①索… Ⅲ. ①诗集—中国—当代
Ⅳ. ①I227

中国国家版本馆CIP数据核字（2023）第250690号

春风文艺出版社出版发行
沈阳市和平区十一纬路25号　邮编：110003
辽宁新华印务有限公司印刷

责任编辑：姚宏越　平青立　　责任校对：张雨菲
封面设计：黄　宇　　幅面尺寸：145mm × 210mm
字　　数：108千字　　印　　张：6.75
版　　次：2023年12月第1版　　印　　次：2023年12月第1次
书　　号：ISBN 978-7-5313-6609-6
定　　价：50.00元

序

次仁罗布

在诗集《影子，光的礼物》出版之际，索朗旺久让我帮他写个序。我答应了，可迟迟未能落到实处，拖了很久，但其间我读了几遍《影子，光的礼物》，被诗人的真诚所感动。这是索朗旺久的第二本诗集，除了诗歌创作，他还进行文学翻译，如近代藏族文学《猴鸟的故事》被译成了汉语，其语言风格既保持了原作的韵味，又把作品的内涵翻译得恰到好处，仿佛在阅读原文一般。从这点上，体现了索朗旺久对藏文、汉文的精通，他将这两种文化交汇、交融，从而形成他独具特色的诗风。

这部诗集被分成了四个部分，每一部分都与季节、时间紧密相连，《春与重生》《夏与回眸》《秋与呐喊》《冬与沉默》，筑就了这部诗集的架构。在诗中，四季周而复始，在不断的流逝与接续中，生命次第绽放，往复不绝，作者以此来表现时间的轮转。可见诗人对这部诗集所投入的情感有多么炽烈。在创作思路中，他是这样记述的："收入了近两年来创作的诗歌作品百余首，整体包含了对祖国的讴歌、民族的热爱、亲情的感恩、生活的赞美和对自然的敬畏，以及心至善、情至诚、志必坚的人性，这也正是我人生追求的洒脱。"诗人在不同的部分，展示的内容也不同，第一辑以歌颂为主，他热情地赞美祖国、赞美家乡、赞美时代楷模等，充满了激情与热烈；第二辑充满了柔情与痴爱，将生活中的点滴化作诗句，给平凡注入了诗性的美；第三辑是果实与生命的畅想曲，其间不乏感悟和追问，以及对生命本源的探究；第四辑虽然在叙写冬季，诗句里难免有些无奈和怅恍，但底色永远是明亮和向上的。

索朗旺久的这部诗集有几个比较有特色的地方，一是在创作诗歌时，他一直保持着最纯真的情感，每行诗里都注入了至纯的情愫，干净而利落，透明且简单，"从雪山深处吹来的风／带走了母亲慈悲的硕果／风马旗飘扬的山川／温暖了每一个孤独的灵魂"（《雪域，我的故乡》），"我有一条洁白的哈达／放在胸口，就是／傲然挺拔的喜马拉雅山／是父亲的脊梁撑起的那片蓝天”（《我心中的归宿》）。这样简洁又有穿透力的句子，让人记忆深刻。他的诗句里没有华丽的词语，没有惊艳的意象，却有平淡中的温暖和亲切。二是他的诗歌里有很多篇具有叙事诗的特征，如《扎根雪域边陲的格桑花》《故乡的新面貌》《我叫李德旺，也叫李达瓦》《眼眸中掠过的一道光》等，记述了不同的人物的遭际和命运，形成了故事性，又有很强的时代印记。诗人从这些平凡人的身上发现了美和诗性，他褒奖人性的光辉，赞美忠贞与坚守，颂扬故乡的变迁，他的许多篇诗作就源于生活，源于当下，他的诗歌是为时代抒情抒志。三是他有一双敏锐的眼睛，善于从琐碎、平凡中发现诗意，赋予它美好和神性。“不知是谁，把一粒种子／丢弃在被人遗忘的角落里／孤寂的灵魂在幽深中惆怅 // 当一束光，穿透漆黑／照到冰冻的躯壳时／希望就在深处发芽／向着光的方向生长”（《是谁毁掉了向日葵的微笑》），“记得上小学的时候／父亲给了我一个／红色的小木盒 // 我把书包里的铅笔／长短不一地装在，那个／红色的小木盒里／上面还贴了几张贴画／同学们都说：

‘文具盒很漂亮’”（《一个红色的小木盒》），“远方吹来的风，在耳畔／留下了未知世界的清香／我听着风中多情的故事／借着城市里多变的灯光／站在一座无人过问的桥上”（《风的故事，告诉了月光》），要是没有一颗敏感的心和一双慧眼，就无法给予这些作品诗性的美，更无法自然真切地化琐碎为神奇。

索朗旺久是一名教师，他的诗歌创作也葆有为人之师所具有的品质，光明、向善、乐观、宽容等，在西藏诗人之中有自己鲜明的特色，如果能够继续坚持创作，将来定能带给我们更多的优秀作品。

次仁罗布，西藏拉萨市人，1981年考入西藏大学藏文系，获藏文文学学士学位。现为中国作家协会全委会委员，西藏文联党组成员，西藏作家协会常务副主席，《西藏文学》主编，一级作家。享受国务院政府特殊津贴。入选中宣部文化名家暨“四个一批”人才，系西藏自治区学术带头人、西藏民族大学驻校作家。担任过第七、八届茅盾文学奖评委。

2004年和2012年分别参加了鲁迅文学院第四届、第十二届高级研讨班。小说《放生羊》获第五届鲁迅文学奖，小说《红尘慈悲》获第六届汪曾祺文学奖。作品已被翻译成多种语言。

目 录

第一辑 春与重生

第二辑　夏与回眸

第三辑　秋与呐喊

第四辑　冬与沉默

第一辑

春与重生

忆峥嵘岁月 展青春韶华

虎豹横行豺狼当道，当血雨腥风弥漫神州之时
你在镰刀和斧头激情碰撞的火花里浴火重生
你在民族危亡之际点燃了希望和憧憬
你那坚定的信念和高亢的声音唤醒沉睡的灵魂
带领劳苦大众不断铸就巍巍中华挺拔的脊梁

1921年，你伴随南湖上震天的汽笛声
肩负中华民族伟大复兴的历史使命
不忘当初发出的誓言，前赴后继谱写新篇
在汹涌的旋涡边缘创造了一次次的奇迹
跟随时代与人民并肩前行共享繁荣富强

1949年，你在伟人铿锵豪迈的宣言中崛起
历经万千崎岖与坎坷，披荆斩棘开创着未来
沧桑的背影在风雨中义无反顾坚定地前行着
鲜红的旗帜创造着阳光下最壮美的山川湖泊

沧桑巨变，从此东方巨人屹立在世界之巅

1951年，五星红旗飘扬在蓝天白云下
像一束光，指引着、温暖着被冻僵的灵魂
彻底地解放了封建制度下受苦受难的人民
为饱受身心摧残的人民带来了光明和新生
短短数十载实现西藏跨越千年的人间奇迹

穿越世纪风云，成就了西藏千年的辉煌
如今，雪域高原上酥油飘香，格桑花绽放
绿树成荫青稞饱满，老老少少喜笑颜开
西藏各族儿女载歌载舞歌颂共产党恩情
手捧洁白的哈达敬献给我们伟大的祖国

高原儿女在历史的更迭中不断探索和斗争
狂风吹不倒，巨浪压不弯坚韧挺拔的脊梁
坚定的信念洗刷了百年所有的凌辱和污浊
红旗飘扬，各族儿女手牵着手，心连着心
伟大的中华民族巍然屹立在世界的东方

腾飞的现代化新西藏

红日映照大江南北
复兴路上我们心连心
现代化新西藏越来越和谐

青稞飘香格桑花开
丰衣足食家家住新房
现代化新西藏越来越幸福

碧水蓝天百花齐放
雪域高原处处百鸟欢
现代化新西藏越来越美丽

雪域边陲幸福家园
固边兴边我们心向党
现代化新西藏越来越稳定

啊！扎西德勒
百年圆梦幸福新西藏
复兴路上，我们砥砺奋进
继续起航，共筑我们
社会主义现代化新西藏

啊！扎西德勒
雪域高原幸福家园
坚定不移听党话
不忘初心感党恩
牢记使命跟党走

扎根雪域边陲的格桑花

——致时代楷模卓嘎、央宗

那年，有一位老人
在祖国的雪域边陲
靠着坚定的理想和信念
举起了一面五星红旗
坚持着，坚持了几十年的光阴
苦守着，苦守了
祖国数千平方千米的国土
没有怨言，没有放弃
唯有被岁月雕琢的涟漪
在沧桑的面庞上镌刻着

那年，有一位老人
在祖国的雪域边陲
用他的一言一行
在日拉雪山下

在广袤的草原上
在茂密的森林里
像那涓涓溪水
润湿着两朵美丽的格桑花

那年，有一位老人
在祖国的雪域边陲
用一双手、一双脚
一个爱国守土的信念
把五星红旗插上了这片土地
蓝天在那里，雪山在那里
我们的森林、草原都在
高高飞扬的红旗下
可那蹒跚巡逻的身影不见了
不，他的身影就在那里
就在那，绽放的格桑花里

那年，美丽的格桑花
在祖国的雪域边陲
含苞待放，迎着遒劲的风雪
用坚定的脚步，跟随父亲的信念
没有退缩，没有畏惧

坚守着那份责任和爱
飘扬在山川河谷间的红旗
就是父亲为她们指引的方向
在刺骨的风雪中燃烧的青春
就是对父亲临终遗言的践行

那年，美丽的姐妹花
在祖国的雪域边陲
正当年轻向往山外山时
唯有牦牛当伴，巡山千里路
大雪纷飞不惧断粮断食
豺狼来袭红旗高高摇
用生命演绎着默默无闻
用青春诉说着爱国情怀
万顷疆土寸土不让
这就是雪域格桑花的傲骨

那年，美丽的姐妹花
在祖国的雪域边陲
在泛黄的油灯下
用心写了一封信
寄给总书记

不久，我们敬爱的习近平总书记回信：
“家是玉麦，国是中国，
放牧守边是职责，
你们这些话说得真好。”
那种肯定和感谢的言语
让两朵美丽的格桑花
释放着从未有过的幸福感

那年，美丽的姐妹花
在祖国的雪域边陲
在党和政府的亲切关怀和
各族人民的齐心协力下
门前的小道连着大道通北京
崭新的楼房迎接着八方来客
明亮的电灯犹如那繁星落地
教育、医疗、文化、经济
边民补贴等等各种惠民政策
在雪山下、圣湖边、草原上
犹如红红的太阳，温暖着
温暖着每一位雪域儿女的心窝

美丽山南，幸福家园

百年圆梦，幸福山南
复兴路上我们继续远航

阳光随行流水欢歌
相亲相爱我们是一家
各族儿女越来越和谐

特色产业蓬勃发展
乡村振兴家家富起来
山南人民越来越幸福

绿水青山鸟语花香
雅江两岸处处带笑颜
藏源山南越来越美丽

雪域边陲格桑花开

爱国兴边我们心向党
祖国边疆越来越稳定

啊！雪域高原
藏南雅砻，我们
心连着心，共同建设
美丽幸福的新山南
共圆我们，伟大的复兴梦

故乡的新面貌

父亲讲，那时生活很艰苦
从山沟到大路，天气好
徒步也要走一天的时间
要是，刮风下雨下雪
那就要在路上过夜
依山散落的青稞地
土壤不好，又常遇旱灾
长出来的青稞又黑又小
节俭也不够来年播种用
缺医少药，小病变大病
平均寿命不到五十岁
儿女上学，要走很远
能坚持到初中毕业的几乎为零

那年，我快十一岁了
父亲跟我讲

山下，很远的地方
有个叫城市的地方
那里的小孩儿会很多知识
可我不懂知识到底是什么
听人讲，知识能改变命运

母亲，席地而坐
常常唉声叹气地说
命中注定，无力回天
就像这地里长出来的黑青稞
永远也磨不成白色的糌粑

那时，我赶着五六只羊
爬上了村前最高的山
想看看外面的世界
可是除了山，还是山
经常梦见白色的糌粑
可梦醒了，看到的还是
那个，黑色的糌粑

那年，我快十五岁了
父母想着，从外村

给我娶个姑娘
可外面的姑娘
怎么可能嫁到
贫穷的山沟里来

那天，我去地里除草时
遇到了村主任领着五六个人
在坑洼不平的泥泞路上
见人问，见户入
询问了很多很多事情
听说，那些人看到了
我们，都哭了

有一天，村主任召集
全村九户三十多人
说我们要走出山沟
去一个美丽的地方
那晚，我们整夜睡不着

后来，我们搬到了山外
那里是一望无际的平地
青稞饱满，绿树成荫

百花齐放，百鸟齐鸣
那环境，就像故事里的场景

每家都有带院子的两层楼住
学校、医院、超市等一应俱全
左边是拉萨，一个多小时就到
右边是山南，不到一个小时就到
两地之间，就是我们的新家

那年，我遇上了一位漂亮的姑娘
一起参加养殖、种菜、修理等
不同专业知识的学习培训
后来，我们也成了家

党的惠民政策落到实处
老家的黑青稞
变成了，特色产业
销售到国内各大城市里

我们摘掉了贫困的帽子
家家户户，不愁吃穿住行
我们洋溢着幸福的微笑

感恩着党和国家的政策

熟悉的山水，熟悉的面孔
却有着不一样的幸福味道

雪域，我的故乡

从雪山深处吹来的风
带走了母亲慈悲的硕果
风马旗飘扬的山川
温暖了每一个孤独的灵魂

风中四溢的累累硕果
飘落在生命的源泉上
熏陶着一颗颗敬畏的心
润湿一个个慈悲的灵魂

那些碧波如鉴的雪域圣湖
犹如缥缈天空中的仙女
婀娜的身姿让人激情澎湃
想去掀开你那美丽的面纱

金黄的青稞焦急地摇摆着身躯

期盼着那道柔和的银光来拥抱
拥抱自己等待已久的雪域英雄
尘世的皮囊包裹着洁白的灵魂

湖畔成群的牛羊悠闲自得地
欣赏着绿如碧玉的茫茫草原
彪悍的阿久骑着骏马眺望着
美丽的高原红悠闲地打着酥油

镶嵌在草原田野间的雅鲁藏布江
恰似白度母精心呵护着每一条生命
洁白的乳汁孕育了悠闲自得的心境
美丽的微笑打开了内心的真善美

那一抹淡淡的乡愁

听人讲，房前泥泞的土路
变成了宽宽的柏油路
屋后也建成了小广场
邻家的姑娘们也都嫁人了
想想一切都是那样陌生

那年，为了心中的憧憬
毫不犹豫地奔赴远方
对父母的叮嘱充耳不闻
与故乡的山水挥手作别
想想一切都是那样熟悉

离开已久，孤独的脚步
还在异地的灯火下徘徊
没有尽头，也没有回头
唯有那淡淡的乡音

在我愁肠寸断的心境中
感受一丝故乡浓浓的情怀

夕阳点缀了辉煌的城市
烧之殆尽的点点星火
飘落在静谧的酥油灯上
熠熠的灯芯，不经意间
变成了一朵火红的花儿
在这漆黑的夜空中
掠过一抹淡淡的乡愁

那年的离开是为了远方
可如今，远方的远方
才是我日夜思念的地方

啊！那一抹淡淡的乡愁
是我真正要到达的远方
可我，离你很远很远了

我叫李德旺，也叫李达瓦

——致民族大团结

题记：2022年2月，一次下乡家访途中，因为找不到学生的家，问路过程中恰好遇到李德旺大哥，通过一番交谈，我从心底佩服这位汉族大哥。说真的，从一口流利的藏语和穿着打扮很难发现他是一位汉族同志。从李德旺大哥的亲身经历中我看到了中华民族大家庭中各族人民手足相亲、守望相助，像石榴籽一样紧紧抱在一起的真实写照。所以，为了纪念这次美好的邂逅，我将以李德旺的视角叙述他的经历，歌颂我国各民族团结奋进、相亲相爱如一家的美好情感。

我叫李德旺，来自四川成都
在西藏生活已经快二十年了
2002年，跟着村里人外出打工
辗转成了一名青藏铁路的建设工人

那时青藏铁路开工大概有一年多了
当时，我们克服困难、不畏艰险
穿越戈壁荒漠、雪山草原，挥洒血汗
一路走来，藏族同胞的纯朴和善良
使得我对西藏这片土地充满了向往
2006年7月1日，世界屋脊上的“天路”
跨越了千山万水，穿越了茫茫雪域
全线胜利通车，不仅拉近了各民族间的距离
更是给雪域高原的发展带来了新机遇
现在想想，当时随着火车的鸣笛声走进西藏
冥冥之中注定了我和这片土地的不解情缘
年轻的我，因为喜欢留在了拉萨的分公司
每天我都能看到雄伟壮观的布达拉宫
闲暇时，在宗角禄康的广场上跳锅庄舞
累了，找间茶馆，享受甜茶和藏面的芬芳
我已爱上了雪域高原缺氧不缺幸福的微笑

2009年3月份，公司调配一百多号工人
响应国家号召，为西藏全面的快速发展
在西藏的很多地方架桥筑路、建高楼大厦
那时，蜿蜒流淌的雅鲁藏布江总会陪伴着我
也感谢这条神奇的河，让我遇到了我的妻子

那是，2010年的一个夏季，天气很炎热
我和几个工友，为了避暑，不顾危险
在工地边的雅鲁藏布江上游泳
第二次下水时，因为不小心，身体滑倒
脚踝严重脱臼骨折，幸好工地上
打工的一个藏族姑娘，见状，提议
把我送到了扎囊县一个藏医家里
神奇的藏医骨折治疗法，让我瞠目结舌
不到半个小时接上了骨，疼痛也渐渐消失了
后来，我和这位康珠的姑娘经常见面
她是一位纯朴善良又会说汉语的藏族姑娘
双方有了好感，开始想着相亲相爱过生活
可是，由于我和她文化语言信仰等的不同
不仅双方父母，甚至很多亲朋好友都反对
可有情人终成眷属，我们成了正式夫妻

2012年，我的岳父岳母要到桑耶寺拜佛转经
临走时岳母大人说的话，我一句都听不懂
急坏的岳母，匆匆从屋里拿出一些青稞来
撒在地上，两手叉腰，脖子向前伸
做着鸡啄食的动作，然后
摸了摸鼓起的肚子，撅起屁股

嘴里吧嗒一声，表示下鸡蛋
又指着灶上的高压锅，摇着头
哧哧地做着气压帽转动的动作
这时我恍然大悟，明白了岳母的意思
从那时开始，我下定决心要学好藏语

2012年10月份，我辞掉了工地的工作
拿出所有的积蓄，在村里开了一家粮油加工店
半年后，拆了旧房盖了钢筋水泥的新房
我也慢慢习惯了这里的风俗习惯，村里
互相串门、唠家常，参加红白喜事
也陪着岳父岳母拜佛转经
一年后，我们生了一个女儿
她叫次仁卓玛，也叫李雪
一年后，又生了一个男孩儿
他叫尼玛次仁，也叫李奇伟
现在，陌生的人都跟我说藏语
村里的人更是亲切地叫我“李达瓦”

西藏，离太阳最近的地方，淳朴、善良、豪放的光晕
照亮着这里每一个人的心灵，无论你是谁

西藏的光和热会让你的灵魂，感受到从未有过的温暖

我是一名四川人，叫李德旺，也叫李达瓦

达瓦藏语的意思是月亮，圣洁的月亮、圆满的月亮

这也象征着我和藏族同胞之间纯洁深厚的友情

如今，藏回汉等民族联姻的家庭越来越多了

我们互尊互爱，坦诚相待，亲如一家人

在以习近平同志为核心的党中央的亲切关怀下

在兄弟省市的无私援助和西藏各族人民的团结奋斗下

西藏的经济、社会、民生等各项事业的发展

有了历史性的成就，发生了历史性的变革

农牧业靠天吃饭的时代已过去，新时代的号角已吹响

雪域高原特色农牧民品牌、特色产业基地

富民安居工程、教育、就业及产业扶持等项目

更是如雨后春笋般层出不穷，相信我的第二故乡

必将建成团结富裕文明和谐美丽的社会主义现代化新西藏

我心中的归宿

我有一条洁白的哈达
放在胸口，就是
傲然挺拔的喜马拉雅山
是父亲的脊梁撑起的那片蓝天

我有一条洁白的哈达
捧在手心，就是
源远流长的雅鲁藏布江
是母亲的乳汁孕育的那片草原

哈达是我父亲的脊梁
哈达是我母亲的乳汁
哈达是我生命中最美的归宿

故乡的年楚河

那一年，我不敢和你告别
怕我的眼泪忘记了年楚河的味道

那一年，我不敢和你挥手
怕我的眼泪遮住了年楚河的容颜

那一年，我带着尼斯日神山的祝福
带着田野里浓浓的乡音走向了远方

如今，故乡的一切是牵挂
也是，我日夜思念的港湾
更是，我心中最后的归宿

醉美桑日的风

清风携着花香徐徐吹过
白云飘浮在蔚蓝的天空中
雅拉香布雪山上寄来的一滴水
溅起雅鲁藏布江上飞奔的浪花
润湿了桑日里龙沟缤纷的杜鹃花
红的，黄的，紫的，白的
都在与马鹿、白唇鹿和雪鸡赛跑
硬把自己最美的容颜
映在多情的思金拉措湖里

藏源山南，美丽的桑日
你是我身边讲不完的传说
云雾缭绕的丹萨梯寺
法鼓唱经的卡玛当寺
除垢去病的沃卡温泉
到处洋溢着古香古色的文化

也许，你在迷恋
千古流传的英雄格萨尔王
而我，只想在此葡萄园中
寻找最丰满的那粒紫珠
酿制出至纯至美的葡萄酒
在那百鸟齐欢的鲁定林卡
举杯邀友，醉卧夜光杯中

远去的风声

——念伊丹才让

一

当风带着远方芳香四溢的梦在我眼前掠过时，
内心的憧憬瞬间在每一个跳动的血管里沸腾，
我背着毡帐穿过辽阔的草原淌过万千山水，
在美丽的传说中寻觅着远方和梦的始终！

再远的路也有终点，人生终究是回归途中！

在迷茫的年轮中我们寻觅着人世间最美的色彩，
却忘记了当初出发时你需要的是什么颜色！

二

明知道一盏灯的辉煌只能在黑暗里看到，
可我总是执着于在阳光下寻觅着那盏灯，

也许那盏灯早已指明了我前进的道路，
可我总是在高亢中悲鸣着阳光太耀眼！

你只有在黑暗中，才能找到那盏最亮的灯！

我们总喜欢在百花争妍中寻找最美的花，
却忘记了我们的胸怀能容纳多少个美！

三

当夕阳的余晖照耀在远处最高的山峰时，
岁月留下的往事宛如一条调皮的银龙，
在山脉间不断深挖着埋葬自己的沟谷，
可谁承想那些伤痕却造就了山的脊梁！

生命只有经历了风雨，才能更加完美！

在你身躯里扎根的灵魂不是你哀怨的曲子，
两鬓间泛白的影子更不是一串结束的音符！

纯朴的达沽人

雪域之南，雅江之畔
青山绿水百花绽放
四溢的芬芳，萦绕在
雪山、圣湖、草原
还有那依山而建
恬静而迷人的达沽村

起伏的山峦层林尽染
青松灌木，小溪潺潺
犹如，达沽姑娘
娉婷的风姿
在缭绕的云雾中翩翩起舞

我顺着奔流不息的雅鲁藏布江
向天仰望，沃德贡杰雪山
宛如一位风流倜傥的绅士

静静地守护着措姆钦湖

袅袅桑烟，悠长的白螺声
乘着山谷间流淌的溪水
应和着林间百鸟的卖弄
跟随扎木年优美的旋律
在那漫山遍野的花红松青中
歌颂着达沽人豪放的性情

眼眸中掠过的一道光

——念青稞博士尼玛扎西

我坐在泛黄的酥油灯下
冥想着一首诗，送给你
可这寂静中藏匿的眼睛
正在窥视我胸口的心跳

我走在无垠的田野上
大声地呼喊你的名字
可这荒凉中遒劲的狂风
正在吞噬着我最后的呐喊

我躲在黑色的毡帐里
寻觅着你遗留的痕迹
可这炉火边迷茫的泪水

正在浸洗着我过往的记忆

我想，可你，随
一缕青烟走向了远方
忘记了，执着的灵魂
还在，丰满的青稞地里游荡

念“乡愁”

——念余光中

乡愁，归去！

无需邮票

无需船票

无需惆怅

回归……

从这头走进了那头

在长江上

在黄河边

挽着母亲的臂膀

回归……

乡愁，是坟墓

乡愁，是海峡

可如今，乡愁

是，永恒的

回归……

幸福山南，美丽二职

雪域之南，雅江之畔
幸福的山南，美丽的二职
我们迎着春风，向着阳光
跟随时代的步伐，扬帆启航
谱写着民族职教的新篇章

幸福山南，美丽二职
德技双馨，人人出彩
是我们永远不变的信仰
青春韶华，心怀未来
不忘初心，为梦砥砺前行

幸福山南，美丽二职
这里是立德树人的沃土
这里是技能成才的摇篮

让我们肩并肩，手拉手
建设美丽幸福的新西藏
共圆我们伟大的复兴梦

贡德林草原上最美的花儿

广袤无垠的贡德林草原
上天赐予牧人的天堂

微风吹，蓝天下白云飘
毡帐边青草荡，草坡上牧歌响

放眼望去，草原的浪花
牛羊、溪水一幅动人的画

格桑花开，牧歌响起
迷人的牧人姑娘
摘下粉红的头巾，远眺着
素净而不失高雅
谦卑而不失傲骨

仿佛天空的蓝、雪山的白

草原的胸襟、大地的慈悲
都溶解在她的灵魂中
仙姿佚貌，不敢直视

噶如夏大院

——念根敦群培

凹陷的门槛，透着光的油润
酥油灯下，灵魂在思考
卷轴上，奔流不息的墨香
四溢在浩瀚的宇宙间

缕缕的桑烟，萦绕
噶如夏幽静的房檐边
推开历史沉淀的木门
拂面而来的，就是
你的睿智，你的伟岸
时空，仿佛就在此时
穿越在过去和未来间

石阶依旧，青灯依然
方形的水井，喷射着

你的思想，你的怒吼
跟随你的脚印，憧憬
邂逅在遗留的脚印里

每一间房都有你的故事
每一张纸都有你的言语
望着，陌生而熟悉的味道
闭上眼，仿佛我听见了
你那熟悉而陌生的声音

桑烟缭绕，敞开的木门
阳光洒落在噶如夏大院
离去的背影，变得模糊
归来的脚步，迟迟未响

致我们最美好的足球记忆

踢足球是世界上最美好、最健康的运动，这一点没有任何怀疑。我犯了错，但足球没有错。我错了，我也付出了代价。足球本身完美无瑕。

——迭戈·阿曼多·马拉多纳

绿茵场是方的
足球是圆的
在这方圆的世界里
一个精灵
点燃了我们的梦
迎着风，顶着雨
奔跑着、怒吼着
我们无所畏惧
赤裸裸地向前追

胜利时，我们狂奔

像疾驰的骏马
失败时，我们慰藉
像抱团儿的石榴籽
绝杀时，我们滑跪
激动得仰天长啸
风中飞扬的汗水
闪烁着青春和快乐
时光易逝，年年岁岁
弹指一挥
曾经，绿茵场上
为梦奔跑的身影
如今，随着
浮云朝露，慢慢地
滴落在岁月的湖面
与之飘荡的秋叶
竞涌沧桑的涟漪

或许，远去的背影
成为最惆怅的别离
是啊！青春会老去
生命也终将流尽
唯有，足球的灵魂

注定成为永恒的记忆
岁月的年轮你别催
我们还在为梦奔跑
就算流淌的汗水
慢慢染白了两鬓
归来仍是
曾经为梦奔跑的少年

雪域冬小麦

飞扬跋扈寒风起
白驹过隙春色衰
寒冬腊月疆域染
草原溪水裹银装

无际原野雪花飞
草原毡帐青烟飘
雪域大地一夜白
唯有冬麦泛春光

忧 春

春雷一声响
沉睡的冬天
脱去了
白色的婚纱
裸露着
嫩嫩的肌肤

缤纷的世界
五彩的生活
赤裸裸地
竞相绽放

可我的眼眸
忐忑地遥望着
远方的远方

不知，这雨
是否惊扰了
远在故乡的你

在那遥远的地方

——致戴望舒

望着漫天的雪花，独自
彷徨在无垠、无垠
又孤寂的雪山处
我希望逢着
一个雪莲花一样的
结着忧愁的姑娘

她是有
雪莲花一样的芳香
雪莲花一样的纯洁
雪莲花一样的坚韧
在雪花中惆怅
惆怅又彷徨

她绽放在空灵的雪山上

望着纷飞的雪花
像我一样
像我一样地
默默彷徨着
孤独，凄凉，又惆怅

她那舞动的身影
若隐，又若现
无法捕捉的一束光
她出现在黑夜里
像梦一般地
像梦一般地消失在晨光里

像雪山里隐去的
一枝雪莲花
与我在雪花中擦肩而过
她像这雪花慢慢地，慢慢地
到了轮回的车辙
走尽这雪谷

在雪的凄凉中
消了她的纯洁

失了她的坚韧
消失了，甚至她的
婀娜的身躯
雪莲花般的傲骨

望着漫天的雪花，独自
彷徨在无垠、无垠
又孤寂的雪谷里
我希望逢着
一个雪莲花一样的
结着愁怨的姑娘

遇见了你，马尔康

一

我心中的马尔康

马尔康，从那遥远的
新石器时代，走来
乘着奔流不息的梭磨河
孕育了千古不灭的智慧

梭磨河，飞溅的浪花
诉说着尘埃落定的故事
马尔康，熠熠生辉的火苗
点燃了母亲慈悲的酥油灯
铸就了父亲挺拔的脊梁

土司官寨，柯盘天街
莫斯都岩画，唐卡艺术

茶马古道悠扬的马铃声
一次次沉淀的历史魂灵
就在这绿水青山间荡漾
马尔康，旺盛的火苗
这里的石头，会说话
这里的青稞，会点头
这里的花儿，会微笑
这里，就是康养之城

我心中的马尔康
如今，我就在这里
就在，火红的颜色里
聆听着，你的过去和未来

二

爱上马尔康的姑娘

蓝天白云，雪山圣湖
山花烂漫，层林尽染
绿意滔天，哈达飘扬
我在柯盘天街的幽静中
我在岁月浸染的石阶旁
遇见了你，马尔康的姑娘

若木纽节，绽放的季节
万人迷，迷人的万人
跳起，万人的锅庄舞
你的优雅，你的豪放
人群中一眼就认出了你
爱上了你，马尔康的姑娘

篝火燃起，山歌唱起
砸酒美食，香飘万里
听着，羌笛悠扬的曲调
喝着，甘甜的青稞美酒
看着，雄浑的尕兰藏戏
青山为誓，绿水为鉴
月光下，敞开心扉
牵手在浪漫的马尔康

遇见了你，爱上了你
善良的马尔康姑娘

三

梭磨河，灵魂的河

一条蜿蜒流淌的梭磨河
诉说着千年不变的情怀

你是，母亲甘甜的乳汁
你是，父亲宽广的胸怀

每一朵浪花，滋润着
高原上最美的格桑花

每一次拐弯，回眸着
高原上最艳丽的色彩

你把最美的花儿绣在
马尔康最圆的月亮上

你把最美的色彩染在
马尔康最美的彩虹上

梭磨河，灵魂的河
我心中最暖的太阳

春与重生

锲而不舍的寒风，不经意中
刺痛了你那剔透的高原红
眼眸里流淌的誓言，也被这
岁月的风，慢慢地洗劫一空

人生无奈岁月无情，轮回的路
留下的是抹不掉的回忆和沧桑
我不说人世，也不谈沧桑
残留的躯壳，还在擦拭着伤痕

丢落在黑暗里的那粒种子
执着地等待着，死守着记忆
在失去的空间里再一次寻回

万物枯荣，即便我不是我
与你擦肩时，相信你的呼吸
会让我的心跳，重获新生

第二辑

夏与回眸

岁月流逝，灵魂向阳

一根点燃的烟
慰藉着守护孤独的灵魂
照亮着属于自己的黑夜
我把寒风当成春风
敞开胸怀
走在夏季缤纷的季节里
感受金秋的夜空下挣扎的微笑
更迭的季节
匆匆而逝的年华
都在诉说着两鬓间历经山河的你我他
季节是不断重生的童话世界
风是不断传来的童话故事
而我们只是刻画自己人生的工匠
曾经我也可以把摩托车开上最大马力
与那远方的风并肩而驰
可如今却发现风不过是

别人留下的痕迹
相信我们历经多少
灵魂终将向阳而生

微笑留给人间

曾经你是那样桀骜不羁
如今为何变得如此沉默
也许，这就是成熟的代价
很多时候，我们还没来得及
生活已经为你拉开了序幕
这时，我们才发现
已经没有太多的泪水
可以用来掩盖自己
唯有，在夏季的雷雨中
我们才能放纵着自己
泪水，跟着雨水
回归到大地深处的角落里
等那，重生的季节再次归来
最美的微笑定会留给人间

夜色中飘扬的梦

昨天，你承受一次次
孤独和无奈的摧残
粲然一笑，编织着
圣洁而华丽的婚纱
轻纱弥漫，芳香四溢
充溢着青涩和向往
渴望着绵绵细雨中
与她牵手在圣湖边

可如今，就在此时
纷纷扬扬的夜空下
一朵一朵，一片一片
犹如被她撕碎的婚纱
记忆中，甜蜜的童话
就在凄婉的北风中
一段一段，一件一件
坠入，夜的深渊里

被风吹到远方的一粒种子

如果你愿意，我愿意
成为风中的一粒尘土
就算，魂飞魄散
也将我的思念
镶嵌在故乡的野草上

如果你愿意，我愿意
锁住憧憬远方的翅膀
驻足在故乡的山冈上
倾听故土深沉的呼吸

如果你愿意，我愿意
享受美好童年时光时
不要引诱我的好奇心
让我尽情地在田间撒娇

如果你愿意，我愿意
在这落叶的夜晚里
沐浴在远方的月光下
洗净两鬓间沧桑的旅途

等我们，再次归来时
带上风的祝福，雨的思念
在父辈的欢声笑靥里
我们还是曾经的那个我和你

是谁毁掉了向日葵的微笑

不知是谁，把一粒种子
丢弃在被人遗忘的角落里
孤寂的灵魂在幽深中惆怅

当一束光，穿透漆黑
照到冰冻的躯壳时
希望就在深处发芽
向着光的方向生长

风雨中翩翩起舞的叶子
挣扎着，脱离着自己的枝干
没有恐惧，因为它熟悉黑暗
熟悉铁链磨破骨头时发出的声音

它渴望阳光，复活在阳光里
任何事物无法阻挠它的坚持

它享受狂风暴雨的洗礼
它向着阳光、向着微笑
向着广袤无垠一片湛蓝的天空

可是，是谁瞬间夺走了它的微笑
又是谁，无情地剥夺了它的生命
枯干的躯壳也终究被阳光烧尽

灵魂终将又一次在黑暗中游荡
可我相信，那缕温暖的阳光
定会穿越浩瀚的宇宙
寻觅到昨日逝去的微笑

相信生命又将在阳光中复活
微笑也将再一次绽放光彩

前方，何去何从

夕阳的余晖，加快了
街道上匆匆的脚步声
远去的背影，犹如
行走在黑夜里的幽灵
一闪一闪，若现若隐

隐去的背影
不知经历了什么
现出的背影
又要经历些什么

我只想知道，山那边
漂浮在海上的小船
穿越了地平线，彼岸
是否有我们追求的梦

等待天空中掠过的那道光

夕阳终结了一个季节的故事
栅栏边的鸣啼声渐渐稀疏了
田野里卖弄舞姿的青稞麦穗
低垂着、僵硬着、悲鸣着
沉浸在岁月积累的尘埃中

远处的狂风
若有坚硬的利爪
那就像狼吞虎噬的禽兽
来撕裂我的皮囊
啃碎我的头颅

让那双贪婪的眼睛
脱离内心的色彩
脱离我的灵魂
在那纷飞的季节里
经历一次生死洗礼

讲故事的人

人生
就是一场故事
一个人的故事
讲给另一个人
而另一个人
又讲给一群人
到最后
发现
讲故事的人
听故事的人
只有自己
而世间，从未
有过你的故事

天在下雨，我在喝酒

一轮缓缓上升的月儿
犹如，梦境中的精灵
卖弄着银色的纱裙

黑夜隐去，银河未现
蠢蠢欲动的星空
顷刻间，灯闪鼓鸣
舞姿飞旋，琴声高亢

觥筹交错不问出处
酒满情深不问过往
美酒四溢，夜光杯倒
酩酊大醉，好个时节

梦想与现实

路边一排排的松树上
挂满了一串串的松果
微风吹来
一个个叮当响
我多想
摘掉
那颗最饱满的松果
给它涂上艳丽的色彩
变成天空中最美的星星
可惜
梦醒时分
我只是一只
饥肠辘辘的松鼠

万紫千红中你独自归去

雪，也有错失拥抱冬天的时候
可它，却从未后悔过
就算，死在
春暖花开的季节里
也要，向世人展示冰清玉洁的心

雪，痴恋冰冻三尺的温度
可它，却从未后悔过
就算，寒风给予它
不老的温度
也要，洒脱地让火舌舔尽它

也许，雪背叛了自然的安排
也许，雪打破了规则的锁链
也许，世人会报以流言蜚语

可大地母亲
干瘪的乳房
润湿了
也丰满了

一个红色的小木盒

记得上小学的时候
父亲给了我一个
红色的小木盒

我把书包里的铅笔
长短不一地装在，那个
红色的小木盒里
上面还贴了几张贴画
同学们都说：“文具盒很漂亮”

后来，红色的小木盒
变成了装羊拐的盒子
我还用刀，在上面刻了一只
怎么看都不像羊的羊
玩伴们都说：“羊拐盒很漂亮”

再后来，我找了舅舅
为那褪色的木盒上色
经舅舅精湛的手艺
变成了一个古色古香的盒子
我把仅有的戒指和项链
都存放在那个小木盒里
大家都说：“首饰盒很漂亮”

如今，那件
红色的小木盒
就躺在我的书桌上
可里面什么也没有

我只是一朵飘在天空中的云

我是一朵飘浮的云
一朵洁白如雪的云
一朵乌黑如炭的云
一朵绚丽多彩的云

天空是我的草原
我可以是黑色的毡帐
也可以是奔流的溪水
也可以是静静的玛尼石

天空是我施展魔法的舞台
我可以变出满天的花瓣
也可以变出蹦跳的兔子
也可以变出飞翔的鸽子

有时，我却很惆怅

有人说，我是风行的影子
也有人说，我是风捏的泥塑
看似自由，却被束缚着

有时，我却很迷茫
有人说，我来自大海
也有人说，我来自湖泊
看似自由，却被抛弃着

如果，真的，是那样
夏日里桀骜不驯的云
是我激情未泯的内心
冬日里宁静致远的云
是我束缚躯壳的信仰

慢慢消失的口袋

记得小时候，口袋是满满的
像是一个魔术盒
里面装着很多很多

有羊拐、弹弓、糖、泥巴……
甚至，还会有
夏天的小青蛙、小蜻蜓
冬天的小冰块、小雪球
总之，那时总嫌口袋少

如今，口袋多了
可，口袋里
只剩下一双僵硬的手

一个人的朝圣

为了曾经
那份真挚的爱
希望她能等他
他下定决心
徒步千里跋涉
去见心中的奎妮
表达那份曾经的爱

哈罗德不为别的
只为曾经默默
追求的女孩儿
能等他
见上一面

徒步是为了
让她

在等他的时间里
能有坚定的信念
解脱病痛
活下去
等是一种痛苦
可追寻是信仰
当灵魂有了信仰
世间的一切
就不重要了

因为
人生，短暂
挚爱，却
永存

就等，这场大雨来

春雨，润湿着万物
给予了万物勃勃生机
可我，更喜欢夏季的雨
滂沱大雨，哗啦啦地下

夜空下，暴风雨中
光着身子，赤裸裸地
伫立着，听着
雨滴溅起的水花
闻着，风中的芬芳
闭上眼，忘记了自己

岁月，还剩下些什么

在燃烧殆尽的牛粪中
看到了远去的传说
忧郁的眼眸，还在
远眺着草原的深处

暮色苍茫寂寥遍野
唯有那感慨的泪水
滴在抹不掉的伤痕上
阵阵的疼痛让我颤醒

我那伤痕累累的躯壳
随着蹒跚的脚步
回望着
岁月的车辙
感慨着，剩些什么

影子，光的礼物

有光的地方，就有影子
影子是光留给大地的礼物

假如，光是静止状态
那么，影子的大小
取决于我们所站的位置
前后、左右、蹲着、站着
不同的角度，不同的姿态
铸就了万千多变的影子

当我们面向光
眼眸里看到的是光
当我们背向光
眼眸里看到的是影子

影子，光的礼物
是毁灭，更是重生

风的故事，告诉了月光

远方吹来的风，在耳畔
留下了未知世界的清香
我听着风中多情的故事
借着城市里多变的灯光
站在一座无人过问的桥上

等待，月光照在我的身上
把风的故事告诉月光
让她带到远方的远方
因为，父亲告诉我
那里有最美的夕阳

仰望天空的头，颓废了
迷惘中，分不清谁是谁
很多的光，包裹着我
闭目浮想的一刹那，我把

你的容颜镌刻在眼眸里
映在，手中的酒杯里
一杯又一杯，饮尽

酒越喝越淡，却还想喝
梦越做越假，却不想停
远方的风，皎洁的月光
请你告诉我，远方
有没有，我们的故事

无限循环的种子

假如生命是时间和空间中
无限循环的一粒种子
那么，我们的生命
就像那密林中的一棵树
我们可以是参天大树
也可以是烈焰中燃烧的柴火
灰烬的尘土可以成为大山
巍峨的大山也会变成泥土
无论我们存在于何种形式
无论我们脱离了何种形式
束缚内心的那根缰绳
在无形的时间和空间中
寄生在不同的生命形式上
盘根错节，直到
不再有时间和空间为止

眼眸里的繁星

那晚，天很黑
一个男人的背影
在夏季的星空下
在光亮的路灯下
晃悠悠地走着

走到，无人之处
驻足，背倚着墙
仰望着夜空

也许，他是想让
眼眸里的繁星
与天空中
最亮的星
媲美

梦就在你的前方

一颗被人遗忘的种子
在无人过问的角落里
一叶、两叶地生长着
经历了严寒的袭击
挺过了炽热的烘烤
鲜活的生命开始绽放

那一刻，你展翅在天空中
那一刻，你怒放在季节里

只是，风雨总爱袭击你
一叶、两叶地摧残着
枯荣的梦在角落里
彷徨着、挣扎着

手　表

手腕上那只破旧的手表
已经失去了往日的光泽
表带、表盘
甚至，光滑的镜面
也留下了很多刮痕

在短袖盛行的夏季
失去了炫耀的资本
在新表迭出的当今
那只旧表显得落后
好多次想把它换掉

可有一天晚上
我梦见自己买了新表
不时地看着新表上班
可我却迟到了

惊醒之下

我摸了一下自己的手腕

庆幸的是那只磨损的表

还在我的手腕上

一首诗的诞生

——念端智嘉

北风已过，东风临近
一首诗的诞生，总在
茕茕孑立中带来愉悦
那一刻，我的思绪
在美好的憧憬中翱翔

世间万物的诞生和死亡
总会在不经意间降临

那一刻，你伸出的手
是我紧紧握住的誓言
只是，荆棘的陌路上
我们的心总是被刺伤

那一刻，时间的弃婴

像一块被掏空的石头
看似坚强，却装满了空虚

若你的灵魂里有我的存在
希望，就在未知的前方
没有海誓山盟，只有
一首诗，一首希望的诗

即使我不是我，你不是你
我也会感觉到你的存在
因为，你的呼吸
将会给我新生
即使，我灰飞烟灭
这首诗也会等你
等你来，亲吻

步步生莲

木门敞开着
佛前的青灯
还在闪烁着
泛黄的卷轴
躺在禅床头
墨迹在沉睡
可那件袈裟
红色的袈裟
下雪的夜晚
穿过红墙
蹚过拉萨河
月光下
凝视着
八廓街
千年的等待
却如同陌路

城市的裂缝

有一种孤独，在拥挤的城市里
在琳琅满目的生活中，有一种孤独
在热闹的人群里、幻化的霓虹灯下
或者在急匆匆的脚步声中——

这脚步至今沉重，低吟的呼吸
在风雨的侵蚀下，在岁月的流逝中
不断地前行，寻找未消散的声音
可脚下的路，却不断地扭曲着

寂静的黑夜下，心在颤抖
现实和梦想，过去和未来
看似接近，却如此可笑

夜猫在发情，夜莺在抒情

唯有盘旋于高空
俯瞰大地的秃鹫
在陡峭的山岩上静默着

夏与回眸

没有约定，也没有等待
只有，不断地在风雨中洗礼
不断地向着远方的风景奔去
在最后的夕阳里燃烧自己

经历了，就不谈艳红的躯壳
也不谈，青春、苍老
时间也会在时间中流逝
生命也会在雷鸣中诞生、消亡

风雨伴着轰隆隆的雷鸣
不断地变幻着大地的模样
种子的发芽，花儿的绽放

百媚千娇，莞尔一笑

一刹那的回眸
芳华已失
年轮已成孤舟

第三辑

秋与呐喊

一觉醒来满是金色的旋律

一

一个人走在深秋的夜晚
分不清变了色的是春光
还是，慢慢淡忘的记忆
秋风袭来心在遥望
夕阳下，彷徨的脚步
演奏着一首首
故乡的歌谣

二

秋夜漫漫，前路悠悠
无论是成功还是失败
左脚和右脚的比拼
从未因倒数的红绿灯
放弃过对彼此的追逐

那就让我的心跳
为你一路喝彩吧
不复返的青春

三

都说秋高气爽硕果累累
如若世人所说是真
人生何来喜怒哀乐
看，昨日高昂的花儿
今日为何低垂着头
是在等待着死亡
还是
也许
它正在酣然入睡着

四

秋天就是这样一个真实的故事
它不可能像冬天一样掩盖所有
也不可能像春天一样色彩缤纷
它就是熊熊燃烧的季节
唯有赤裸裸地面对
勇敢地前进

才能更好地拥抱

五

秋风瑟瑟雨夹雪
不知漂泊的叶子
将要到达的彼岸
是久别后的重逢
还是无奈的离别

风吹过的地方有我生命的呼吸

经历了寒风的横行肆虐
树干上寥寥无几的枝条
深呼吸，慢慢地
伸展粗糙干裂的臂膀
用嘶哑的声音呐喊着
发泄着昨日的痛苦
当那冬日的刽子手
慢慢被东风吞噬时
苏醒的灵魂多么渴望
再一次绽放风采

可谁知邻家调皮儿
截断了我的枝干
变作骑马挥刀的将军
“刀”在空中咻咻作响
可没过几分钟

就被扔在墙角
这时，我多么希望
那些过往的人群中
一人捡起它，当柴烧
让它随浓浓的炊烟
飘到春风中去
与春风激情共舞

春暖花开万物勃发
我却成了断臂的维纳斯
静静地注视着远方
给人制造无限的遐想
却让自己无奈地
在惆怅中奄奄一息

风中飞舞的蝴蝶
请你放慢抖动的翅膀
暂且在枝头上歇歇
用你斑斓的色彩
装扮我枯干的生命
在这缤纷的世界里
浮想曾经的青春岁月

为这激情燃烧的季节
增添一点年轻的活力

清风拂面细雨绵绵
空气中弥漫着新生
可我，被禁锢在彷徨中
想和你激情拥抱
却又怕纤细的雨滴
慢慢腐蚀我的双脚
加速生命的终结
我已无力去吮吸萌发
唯有慢慢腐烂在泥土里
用我那缥缈的灵魂
为那些不屈的种子
献上一点向上的力量
冲破黑暗，享受阳光

我多么渴望在这季节里
能和你的青春翩翩起舞
可我明白这次的邂逅
将是我们最终的告别
我的躯干已承受不住

你那风情万种的激情

风，请你快些吹来
在那万物竞相绽放前
把我用力地吹倒
让我与这复苏的大地
融为一体
这样，我也能
洒脱地归去

两鬓间泛滥的涟漪

记忆中的青春韶华
已被岁月的风
吹向了很远很远

风雨过后的彩虹
如此美丽而短暂

如果说夏天的雨
是为了思念谁流下的泪水
那么秋风中婆娑的幽灵
就是被我们遗忘的影子

在这夕阳的余晖中
唯有渐渐淡去的影子
被欲望的双脚
一步一步

由浅到深

由轻到重

肆无忌惮地践踏着

是叶子，也是死尸

路边一排排的松树中
有一棵不屑一顾的杨树
在风雨无情的蹂躏下
在篆刻年轮的飞屑中
身躯变得裂痕累累
可依然倔强地活着
眺望着远方的天空

用沧桑换来了绿叶
铸就了金色的梦想
燃烧的躯壳跟着秋风
联袂共舞越飞越高

风停了，叶子粉身碎骨
才发现，你只是——
风的影子

美的瑕疵

一片片闪耀光芒的叶子
在四季更换的时空中
变成了一群群死尸

也许，有一天
这棵长在松树中的杨树
也会变成异地的孤魂野鬼

院外的老母猫

不知什么时候，院外
来了一只雪白的老猫
枯瘦如柴，步伐蹒跚
嘴里只剩六七颗牙齿
一根火腿肠，就算捏碎了喂
还要咀嚼半天才能咽下去
好几次有小鸟在边上觅食
它也只能做一个匍匐的动作

可它却产下了四只小猫
黑的，白的，黄的，灰的
每次有人看到那几只小猫
就会对着老母猫，唠叨着：
“你都这样了，还生小猫”

说来也怪，那只老猫

像听懂人话似的
前爪前伸，趴下，摇摇头
走进窝里，把小猫
一只一只叼在嘴里
在人前，大摇大摆地挪着窝

然后，它又会回到人们乘凉处
舔一舔自己的毛，打个哈欠
无动于衷地眯着眼睛
竖着耳朵，等待着什么

被秋风吹走的烟灰

摇曳在手指间
伛偻的烟灰
随着凄凉的落叶声
洒在窗台的边缘

我用最后的一口烟
吹飞了它最后的希望
无奈的烟灰跟着秋风
慢慢消失在我的眼前

这时，我看到南边
有一朵白色的云朵
在这深秋的天空中
画上了一道痕迹

我不知道这是谁的脊梁

在这寥廓的宇宙间
如此，孤寂惆怅

也许，它是在逃避
曾经让它堕落的灵魂

也许，它是在寻找
被岁月摧残的躯壳

也许，它就是我的脊梁
是我用双手点燃成灰
又丢弃在秋风里的信仰

无籽葡萄

雌蕊受粉百花竞相绽放
世间本是有种才有果
有因才有果
可如今无籽的葡萄
成了人们爱不释手的水果
甚至，成了婴幼儿最佳的选择

有人说：“它是不成熟的果实”
有人说：“它是变异的果实”
有人说：“它是科技的力量”
有人说：“它的营养价值很高”

无论是不成熟，还是变异
我们从来都“不太懂”
我们只是喜欢去尝尝鲜

如果是这样，那么
几十年后，人类
是不是望着机器人
叫声“父亲”
叫声“母亲”

或许，那时候
宇宙间不会有
一个完整的人类
那么，人性
又会何去何从

秋天是一个矛盾的季节

别了，绚丽的季节
火，烧醒了夜晚
燃红了所有的梦想
冬去春来秋夜瑟瑟
满目疮痍的沟壑间
又是谁的眼泪
滴落在谁的心里

一声声的呼喊
一次次的回眸
镰刀挥舞间
一切的一切
变成了生命的始终

秋风袭来万物归去
赤裸裸的躯体

在熊熊燃烧的季节里
洒脱地低垂着脸
不敢仰望这忧愁的天空

秋天，是一个矛盾的季节
它可以有意地下雨
也可以无意地下雪
若把雨当成过去
雪定是我们的未来
那这硕果累累的秋天
就是我们心里的梦想

献给你，我的大拇指

被青春弄伤的那根筋
终于没有力气绷紧了
光芒万丈的昨日
都随着那根筋的枯萎
彻底地失去了生命

大拇指已握不住任何东西
连那诉说岁月的笔
也传给了食指和中指
大拇指终于完成了使命
静静地伫立着
俯瞰着、回忆着
犹如，一棵百年枯树

微　笑

如果说
天空的蓝
是海纳百川的胸怀

那么
金灿灿的色彩
定是，秋天
幸福的微笑

沉浮中的惆怅

一场金色的盛宴
惊醒了沉浮的灵魂

那一刻，我还没准备
瑟瑟的秋风
斩断了躯壳和灵魂的纽带
吹灭了明天，撕碎了昨天

此时，眼眸里流下的泪水
是对蹉跎岁月的惆怅
更是对生命的遗憾

思念的不只是季节

窗外，风声萧萧
触及了莫名的思绪
倾斜的月光里
唤醒一个又一个
无法泯灭的记忆
在熟悉的远方
那朵盛开的玫瑰
又刺痛了谁的心窝

慢慢迷失的前方

眼睛再好
你也看不清
夜里万物的色彩

眼睛再尖
你也看不清
万千形态下的人性

其实，看不见前方
不是因为眼睛
而是我们的心
慢慢迷茫着

遗忘的心跳

是谁，收走了繁花的芬芳
是谁，夺走了少女娉婷的姿态
又是谁，抹掉了青春的痕迹

每个人追求着心中的梦想
在喜怒哀乐的人生舞台上
默默坚持着自己的角色

飒爽的风姿寄托于未来
泪水和汗水留给了现在

纷飞的夜晚繁花已尽
更迭的四季再一次启程

波澜壮阔的人生里
又是谁的呼吸和心跳
触动着我那忐忑的心

无　题

叶子，四处飘荡的叶子
像是迷茫的身体
在钢筋水泥的缝隙里
穿梭着，寻觅着
曾经丢失的双翼

叶子，无处安身的叶子
像是被困的脖子
在进退两难的缝隙里
颤抖着，想望着
曾经激情的岁月

一切如一

一片片归根的落叶声，
埋葬在异乡的土地上。

一盏盏亮丽的路灯下，
又有多少迷失的灵魂。

一场场精彩的故事里，
演绎不同的喜怒哀乐。

一声声瑟瑟的踟蹰声，
迷失在飞扬的尘土中。

一次次绽放的格桑花，
经历着一切悲欢离合。

一句句酒后的哀叹声，

浸染了灯红酒绿的美。

一圈圈清晰的年轮里，
看不到过往的始终点。

夜 风

肥胖的身躯行走在
自己筑建的囚笼里
没看清朝阳升
迎来了夕阳落
不知道，什么时候起
我已变得越来越迟钝
分不清头顶的是繁星
还是，不灭的人间烟火

风，不时地在窗外经过
可我，却被囚禁在那里
不管春夏，还是秋冬
窗外的风声，对我而言
如此遥不可及

无论是白天，还是黑夜

风从窗外过，嫉妒的心
怨恨着这风，漫天呼啸
却永远也吹不到我的身上

有时，站在窗前
想去打开这扇窗
想去抚摸这夜风
可我那颤抖的双手
总是习惯性地畏缩着

画故事的人

在那野蛮的远古时期
一群群动物为了生存厮杀着
血淋淋地啃食着对方的皮肉
飞溅的血，染红了大地
一场火驱赶了冬天的寒冷
却让夏天变得更加炎热

没有谁在意地上的砾石
为何有那么多的颜色
也许，就是昨日血染的颜色
每一块砾石都有自己的故事

有些动物把它们的故事
画在孤寂的岩壁上
讲述着某种生存的技巧

有些动物把它们的故事
画在自己的脸上
诉说着自己的与众不同

有些动物却把它们的故事
篆刻在无处可觅的灵魂上
不断地，从野蛮画到文明
从石器画到铁器
从地狱画到仙境
从动物画到人类

后来，画故事的多了
开始寻求更广阔的画布
到最后，听故事的人少了
人们开始用故事里的故事
讲述着故事里的动物
而那些血染的砾石
已被那画故事的人捏得粉碎

霜　降

寒秋时，夕阳下
泛黄的天空
闲来疏雨

窗前，树梢上
摇曳的残叶
随之，天空
滴落的雨珠
瞬间，夺走了
大树最后的倔强

瞬时，滴落的雨
变得傲慢不逊
像决堤的洪水
顺着树干上
粗糙的裂痕

剥蚀着，嘲谑着
大树沧桑的沉默

此时，滴落的雨
彻底脱离了大树
赤裸裸地躺在
光滑的水泥地上
高傲地欢呼着

这天空滴落的雨
却忘记了，自己
本是北风的使者
落在人间的寒霜
在夕阳的余晖中
足以，蒸发泯灭

遥远的圣火

火，从神话传说中走来
跟着野蛮的杀戮声
追逐在远古的旷野上
毁灭着、创造着
火，燃烧了一切
也，点燃了一切

火的味道，从天而降
恐慌、迷惑、畏惧
喷洒在广阔天地间时
宇宙的秘密开始裸露
穴居的古人类，崛起
石器，征服了“火神”

智慧之石擦出的火花
点燃了人类文明的火苗

酝酿了源远流长的黄河
像那，母亲甘甜的乳汁
像那，父亲宽广的胸襟
繁衍、生息、发展

圆　桌

酒
人性
一间屋
一张圆桌
不同的酒瓶
四溢不同香味
相同的人性思维
千古不变的规则中
卖弄着千姿百态的笑
举杯弯腰英姿飒爽
豪情壮言使人痴
情深一饮尽兴
憧憬着未来
累累硕果
浮想着
未来
梦

袜 子

去年在校门外
路边的地摊上
一双袜子两元
两双袜子三元
学生想着去买
我也鼓励去买

今年在校门外
路边的地摊上
一双袜子五元
两双袜子九元
他们习惯了买
也忘了怎么洗

悠扬的心，洒脱的笑容

从现在起，用悠扬的心
种花、种树，吮吸生命的青春
从现在起，只关心含氧量
我要建一间有氧的房子
参天大树为柱
繁茂枝叶为顶
花草植被为墙

从现在起，我要告诉每个人
幸福的生活必须持续下去
要以绿水青山为家
花草树木为伴
敬畏自然，呵护自然

从现在起，我也希望
走出钢筋水泥的束缚

在芳香四溢的原野上
润湿憔悴的脸、枯萎的心
让生命活出健康的姿态
让呼吸流淌快乐的笑声

愿悠扬的心，坦坦荡荡
愿尘世间，你我都洒脱

阡陌世界，五彩飞扬

一

蓝色，梦幻般的想望

蓝色，一颗陨落的恒星
诞生在大地决堤的残骸里
变成了一条笔直的脊梁
镶嵌在格桑花绽放的草坡上

铿锵有力的臂膀
托起了山川河水的传说
皑皑雪山泛起的光芒
是你眼眸里映射的慈爱

我盘膝眺望，微风里
撕扯着伪装的皮囊
仿佛那里遥不可及

在悠长的灵魂深处
寻一条通往天堂的路
临星而坐，与贤共饮

二

白色，月光下的酸楚

白色，雪花纷飞时的憔悴
让人在呼啸声中感到酸楚
山谷间、河水上、溪水边
撕破着、强吻着你的肌肤

四时的风变换着节奏
滴血的獠牙亘古不变
滚滚红尘中，飞扬的
就是七零八碎的灵魂

暴雨中、劲雪里
时隐时现，往来又无常
却又那么优哉游哉

是的，你就在那里

就在那秀丽的奇峰间
临泉而息，与世无争

三

红色，滴血的灵魂

红色，一把火燃烧了秋天
殆尽的灰尘在穿梭中悲鸣
若是生命为延续而拯救
为何我看不到冰雪的肌肤

一滴又一滴地吮吸
是一次又一次的煎熬
真是高亢中的毁灭

那不是丰满中的芬芳
那是，骨髓里流出的血丝
为何，我还是很饿

我不是呱呱坠地的婴儿
更不是嗜血如命的吸血鬼
你能告诉我“我又是谁?”

四

绿色，沉默中的泯灭

绿色，酝酿在黑夜里的甘露
成就了你那油绿的容颜
而你也用滚烫的热血
孕育了百花争艳的沸腾

可你总是默默地凝视着
掩盖着眼眸里的惆怅
急促的呼吸在泥土里寻觅
伛偻的身影在余晖中退缩

像那秋风中寻觅的落叶
飘荡在情之所动的红尘中
随着那归家的车辙慢慢前行

不会有掌声
更不会有颜色
唯有那岁月零落的
沙沙声

五

黄色，迷失的眼眸

黄色，一片归家的叶子
在一千零一夜的传说里
在囚禁恶魔的神灯里
等待着千年后的抉择

那承载万千孤寂的宣泄
也许，是虚渺空间里的博弈
也许，是杀戮和拯救间的轮回
可那泛起的涟漪跃然脸庞上

没有人知道你的等待何去何从
可你的灵魂总在寒风中微笑着
如果说你的存在是为了拯救
我宁愿成为那千年的恶魔

飘荡在漫天飞舞的尘埃里
承受那千年的煎熬和孤独
只为那秋风落叶时的邂逅

乌 鸦

你的羽毛
你的影子
你的思想
黑得彻彻底底

不管是雷鸣暴雨的空域
还是在晴空万里的长空
你的影子永远跟随着你的颜色
从来都没有放弃过展翅的思想

一

小时候，听大人们说：
“你的颜色是魔鬼的躯壳，
你的鸣啼是不祥的预兆”

那时，我也随波逐流
喜欢用石头感受你的哀鸣

用肮脏的言语直面你的惆怅

我不明白，也不曾想过
可你却总是抖抖翅膀
把它放在凋谢的羽毛里
和那清新的泥土融为一体
等那春暖花开时……

二

从恬淡怡人的乡间小路
到华灯喧嚣的城市大道
那种彻底的黑
若隐若现无法辨别

我走在深巷的拐角处
站在耀眼的路灯下
低头望着变形的躯壳
寻觅那久违的颜色

可它折射出来的
却是那妖娆的霓虹灯

三

后来，我在一个幽静的
小村庄，又一次看到了
看到了那种玄青的颜色
那里没有辉煌的灯光
更不会有车水马龙的喧嚣

只有在皎洁的月光下
美丽的影子，在
原野上、溪水旁
帐篷边、土房顶舞动着

犹如黑色的珍珠
在阳光下闪烁着
无数颗跳跃的音符

此时，世间所有的颜色
定会消失在你的眼眸里
而那旖旎的旋律
就在灵魂中回荡着

四

你曾告诉过我：
“世人的惊鸿一瞥，
只羡与那些婀娜的虹艳。
我也可以挣脱我的颜色，
给世人展示搏击长空的气魄”

可你总是昂首
仰视着
渴望着
一场场电闪雷鸣的暴雨
来得更加猛烈一些

那样
你的羽毛
更加乌黑亮丽
你的声音
更加铿锵有力

五

乌鸦的颜色
何尝不是颜色

乌鸦的鸣啼
又何尝不是声音

也许，我的颜色
经风雨的浸湿
剩下的是凌乱

也许，我的声音
经内心的欲壑
剩下的是无声

六

其实
我们都可以
挣脱自己的颜色

在那斑斓的季节里
傲视所有的颜色

可我害怕
无垠的原野上
看不到自己的影子

影　子

一

清晨，当我拉开
蠢蠢欲动的窗帘
喷射而出的阳光
瞬间，触动了我
隐藏在血脉里
那份执着的影子

二

晚秋时，朝阳
被飞扬的尘土过滤
漏到我的身上
朦胧中，仿佛
蛰伏在黑夜里
战栗哆嗦的影子

在摇曳的光晕下
变得挺拔刚劲

三

阳光退去，黑夜将至
沉鱼落雁的容颜
优雅娇柔的姿态
花红柳绿的色彩
已变成影子的颜色
消失在浩瀚的宇宙里

四

万千色彩，随着
风雨的侵蚀
环境的变化
岁月的流逝
会改变原有
唯有影子
本色不变

秋与呐喊

呜呜的风声，沙沙的落叶声
历经的沧桑在飘摇的灯火下
胆战着、惆怅着、等待着
等待着，那场金色的别离

那一刻，无情的镰刀
彻底地把你我割断
落地的线，飞天的风筝
不知你的灵魂归于何处

一种颜色，浸染了一种颜色
昨日，为你编织的诗和远方
在那季节的轮回中变得迷茫

我横卧在田间小溪边
等着狂风，把我的痛
从那远去的背影中吹走

第四辑

冬与沉默

遇见你，在最冷的冬天里

当你老了，头发白了，睡意昏沉
请你静下心，回想藏源山南
雅江之畔，山峦之巅
那位美丽公主和王子的故事
或许，内心深处的一束光
带你走进，神奇的雪域高原
感受那份最动人的爱情故事

窈窕淑女，君子好逑
无论，时光怎样流逝
四季怎样勃发又凋零
你的眼眸，总让我遐想

曾几何时，多少人
在倾慕你，追求你
幻想着你的青春和容颜

或许是虚伪，或许是真情
或许，这就是男人的丑陋
可你这朵婉清优雅的玫瑰
用那全身的刺伪装着自己
隐藏着眼眸里淡淡的忧愁
或许，你是在等待
在那暴风雷雨的季节
为你遮风挡雨的绿叶

四季更迭，春暖雪融
有时，等待不一定见到
见到了不一定会认识
青春的冲动，爱情的朦胧
就在那秋风落叶声中
你用自己的双手，忍着痛
血淋淋的，一根一根
拔掉了身上所有的刺
飞溅的血，飞舞的红叶
犹如千姿百态的红宝石
洒落在冰清玉洁的肌肤上
化成了风中飘扬的婚纱

你低垂着脸，亲吻着绿叶
露珠在你的双唇间滑落
生命的呼吸，开始绽放
也许，这是释怀中的欺骗
也许，这就是高潮后的静默

时光荏苒，年轮在蔓延
你说：“今年的冬天很冷”
我想，也许，你说得对！
在夏季温暖的季节中苏醒时
每个人都会遇到最冷的冬天
因为，迟来的岁月
迟来的春天，迟来的伊人
让我们的人生变得惝恍

也许，这就是爱情的残酷
就算，时空倒退几十年
那也只能是与你擦肩而过
因为，你是夏日里绽放的玫瑰
而我只是冬日里纷飞的雪花
注定吹不到夏季的边缘
可我宁愿为了这迟来的邂逅

融化成天空中的细雨
顺着你那丰满的双乳
润湿你的身躯、你的心灵
让你的余生开得更加灿烂

冬日悄然来到我的窗前
我愿赤裸裸地释怀
爱了就爱了，无须掩饰
遇见你，在最冷的冬天里
可你，却让我
感受到了最暖的岁月
因为，在你忧郁的双眸里
仿佛遇见了最温暖的季节

见与不见已成记忆中人

脚下的路不断交错着
脚步仍在继续
朝阳带走了露珠的希望
行走的步伐在抉择中前行

若说生命是为了与你相见
为何我的等待如此之久
时间一点一滴地流逝
我们一次次地失之交臂

我们到底在哪里可以相遇
我等了春天送走了秋天
一颗心的苦苦等待
换来了，夕阳下
苍老的脸、佝偻的背

那么多的等待
流逝的岁月、淡去的记忆
恍惚间人生变得短暂
我只希望皎洁的月光
把你送入我的眼眸里
见与不见已成记忆中人

无常的雪，无常的我们

彷徨的心终于静下来了
黑夜不再是孤独的呼吸
闪烁的星光，静谧的草原
每一次的翻阅和冥想
如同，洗净心底的污浊

曾几何时，我在一首诗里
看到了你花容月貌的微笑
有人说，你是人间罪恶的魁首
有人说，你是人间美好的向往

在一个下雪的夜晚，你走进了
不，是两个与众不同的灵魂
走进了一个美好的世界里
那样浪漫，那样惬意
却惋惜，那场雪下得不够大

雪色倾城，却夺走了我的本色

昨夜，下的一场雪
填平了所有的缺陷
掩盖了所有的秘密
我的忧愁，我的欢乐
还有，灵魂的善与恶
所有的所有，都被这场
圣洁的、善良的雪淹没

目光所及之处
银装素裹，分不清模样
不知是雪诱骗了我的眼
还是，我原有的本性
贪婪于雪带给我的慰藉
放眼望去都是那样醉心

我迫不及待装扮着自己

渴望成为世间最美的雪
我的血液渐渐变得冰凉
身体越来越僵硬，甚至
呼吸也化成了雪花
阻塞着我的身体每一处

在最冷的季节里，我
失去了阳光，失去了温度
眼眸里的白变成了黑洞
吞噬着我的灵魂和躯壳
雪色倾城却欺骗了我
夺走了我该有的本色

不，这不是我要的美！
灵魂在呐喊，身体在反抗
无奈的我，纵身一跃
想用坠落的身躯，撞开
一道通往春天的裂缝
而我，却昏厥在梦里
我看不到生老病死
感觉不到七情六欲
那样纯洁无瑕

又那样虚无缥缈

也许是悔悟，也许是孤独
一滴从灵魂深处攀爬的泪珠
顺着我的脸颊，滴在胸口上
苏醒的灵魂，鲜红的血
从我的身体里喷涌而出
刹那间，在阳光下
绽放出七彩的火花

雪在融化，万物在苏醒
向着阳光敞开心胸
我看到了四溢的花香
跟着春风向我走来

尘世中流浪的灵魂

承载历史更迭的红白宫殿
历经悲欢演绎人间悲欢情
也许是天堂，也许是地狱
也许，就是因果的始终点

日出日落唯有圆月的倾泻
激励着我从佛龛里挣脱出
感受人世间的喜怒哀乐情
可我就是我高高在上的我

曾无数次去穿越那道白墙
寻觅自己灵魂深处的憧憬
可总被破墙边虔诚的祈愿
荡涤了我寻求远方的激情

无论佛龛怎样地精雕细琢

注定要被酥油灯慢慢燃尽
可挣脱的酥油灯没有佛龛
也同样会被遒风劲雨泯灭

好像，哪里遇见过你

好像，哪里遇见过你
却想不出什么时候
也许是斑驳的记忆
也许是内心的想望

在那缥缈的空间里
飘摇着，寻觅着
有时感觉你离我很近
却感受不到你的温度
看不清你的容颜

也许，你就在那里
就在斑痕的木门里

可我没有勇气

推开那扇门
因为，我怕
我的梦会破碎

等　待

漆黑的夜晚
沉浸在
寂静的彷徨中

无限的浮想
穿越在
无尽的黑夜里

忧郁的眼眸
呆望在
失去的记忆里

内心的等待
寄托在
无尽的独酌中

铜器的声音

冬日悄然来到我的身边
分不清飘着的是云还是雪
蓬勃的大地开始变得沉默
执拗于生死间的灵魂
飞跃在广阔的天地间

一张张薄薄的铜片
像一种神秘的琴弦
每一次的抚摸和敲打
弹奏着最优美的旋律
每一次的飞跃和沉默
酝酿着当世无双的容颜

也许，这就是时代的号角
不断地润湿、发芽、成长

探寻着最古老的故事
也许，这就是这片土地
感人至深的遗言

粉　笔

像一位哨兵——
粉笔，守护在三尺讲台
一身的白，一生的执着
火苗，燃烧着、照亮着
黑色的地域，飞扬着
在月光中，在浪尖上
有时，也会在
远处，未知的世界里

脚步声卷起的尘土

昨晚下了一夜的细雨
想着今早的水泥路
肯定是油润油润的
却没想到，水泥路
还是，跟昨天一样
苍白、干裂，像是
呻吟着，给点水吧

脚步声卷起的尘土
像是，寄生虫
在微风中徘徊
在人群中窥探
寻找着
适合自己的栖息地

冰川与火焰

雄鹰翱翔的姿态是我们的气魄
擎天伫立的雪山是我们的脊梁
风雪里迎难而上是我们的精神
百灵般清纯恬静是我们的语言

极地的寒风燃烧着我们的内心
生死的概念已在不变的情怀里
冲天的火焰温暖着冰冻的身躯
那一刻我们的呼吸如此洒脱

我们传承着千年不灭的爱与恨
本质的纯洁是雪山上的雪莲花
敞开着容纳万物的心胸和慈悲
跳动的心灌输着圣洁的真善美

同根之孕悟出敬畏自然魂之魄

育之道诉说自然万物生命之贵
行之道珍视自然万物存在之意
跳动的心拥抱着圣洁的真善美

鱼脊上的白帆吸取了日月精华
穿过冈底斯山坚硬无比的脊梁
游过雅鲁藏布江不变的情怀里
引领我们步入美丽的香格里拉

你的眼眸融化了这千年的冰川
汹涌的波涛激起了内心的火焰
银色的世界充满了慈祥的微笑
雪莲之圣洁在内心里次第绽放

岁月，见证了一切

清晨的斜阳映在银色的大地
过往的回忆犹如更迭的季节
一切都是那样似曾相识
一切又是那样未曾相遇

不知道，银装素裹
是为挡住北风的刺骨
还是，掩盖彼此的秘密

也许，大地被一种颜色席卷时
曾经点染的色彩便渐远
可我相信这无声的岁月
定会梳洗所有的装扮
留给你最美的素颜

心中的一盏灯

有些人，在仰望中
有些人，在俯瞰中
仰望的是璀璨的星空
俯瞰的是艰难的步伐
生活的苦乐就在这里
就在，我的眼眸里
俯瞰着人间的人性
仰望着远方的远方
曾无数次的逃避中
寻觅着美丽的远方

可就算千年不灭的酥油灯
也只能寄托在灯芯上
守护着，点亮着
唯有在月圆之时

可以把我的思绪
随那莲花池上的月光
驰骋在蔚蓝的星空中

其实，你我皆是宇宙

一盏灯，一滴水
犹如原上的一根草
枯荣显得那样微不足道

一盏灯的熄灭
不会影响万千灯火的璀璨
一滴水的消失，更不会
影响汪洋大海的宽度

一盏灯，一滴水
照亮过一颗迷茫的心灵
润湿过一条干枯的生命

也许，随风吹来
一尘一粒
就是，整个宇宙

古老的山路

熟悉的山路
慢慢流逝的岁月
慢慢老去的脚步
顺着古老的印记
向上攀爬着

汗水浸透着岁月的年轮
滴漏在那条弯弯的路上
山的烙印，远去的背影
每一次的回望，抚摸着
历经坎坷的古老山路

我的呼吸在哽咽中挣扎
燃烧的酥油灯向我微笑

开在梦中的彼岸花

昨夜，我又梦见了你
不知是迷茫中的遐想
还是日有所思的影像

倾泻的月光
嘤嘤成韵的杜鹃
还有，那位美丽的姑娘
都出现在我的梦境中
却不见你的微笑

此时，我多么希望
开在梦中的彼岸花
只有一种颜色

那么，眼眸里的黑夜
也许会变成尘世间的白天

燃烧的雪花

当我们卸掉一天的疲惫
呓语人生的苦涩抑或甜蜜

美丽的善良的白度母
在繁星点亮的天空中
舞动着洁白的披帛

将最美的梦
最纯洁的爱
像秋风吹散的蒲公英
悄悄地撒落在床前

温暖着
融化着
我那冻僵的梦

像一道闪电

像一道闪电，瞬间
照亮了你的一切
无数次，黑夜中的沉默
无数次，阳光中的倔强
就在，夕阳
夺走天空的色彩
根茎在黄土中糜烂
沉默和倔强
像是斩断了双翼的小鸟
在幽深的林中
变得，凄凄惨惨戚戚

守　候

沧海无际泪茫茫
青海湖边的古道
还在孤独中守候着
远去的声音，归来的回声
萦绕在耳畔
痴未了
情未了
落日的余晖中
奢望着，等待着
只为，心中的姑娘
回眸的一笑

等待着，青稞熟

不经意的回眸
故乡的青稞不知何时
又开始熟了
糌粑的味道使我想起
土坯房前，小溪边
一群小孩儿，光着屁股
戏水、玩耍的场景

黑夜，霓虹灯下绽放
月光，苏醒中隐去
喝酒的人在听着歌
听歌的人在喝着酒
而我，站在人群中
等待着，青稞熟

那 一 夜

风推开了紧闭百年的木门
青灯还在那佛前闪烁着
你将过去刻在了崖壁上
哈达在山谷间飘扬
文字在原野上奔跑
枯竭的躯壳，开始
跟随，跳动的灵魂
穿过千年的红墙
蹚过悠远的拉萨河
那一夜
那一步
如同新生

青海湖畔的思念

青海湖畔，我闻到了秋的惆怅
湖水波光莹澈，倒映悠远的山峦
悠悠的风儿吹过，轻拂沧桑的脸庞

那是你离去时，无奈的感慨
如今思念的诗句，无尽的呐喊
梦想着，你从远方向我走来

湖岸辽阔的草原，沐浴着柔和的阳光
我在静默中怀想，仿佛能触摸到你的容颜
我轻轻吟诗，寄托着我对你的无尽眷恋

是否还记得，青海湖畔那首牧歌
穿越时光的长河，像波浪向前翻滚
我站在湖畔，你是我心中美丽的传说

湖水漫延，我在湖边盘腿而坐
望着，湖中不断泛起的涟漪
仿佛，我又听见了那首思念的诗

愿生命化成那朵莲花

谁又知道玛吉阿妈的美
隐藏着多少悲欢离合
也许，那就是你说
你把世间的七情六欲
装扮在妙龄少年身上
却把真情藏在灵魂深处
不管你用多么委婉的情歌
书写你内心的纵欲之心
在我心里你永远是一个人
一个追求完美的诗人
你笔下婀娜多姿的情人
让我的灵魂激起万丈狂澜
倘若你我无缘再次相见
我愿变成流浪的歌手
在拉萨的街头，歌唱
唱出我对你深深的思念

憧憬着与你相遇

我从雪山深处
跟着祖辈留下的脚步
徒步一道道拐弯
月光下，向着远方
玛吉阿妈的微笑
憧憬着与你邂逅
可拉萨河的水太宽
我怕自己的步伐
逃脱不了浪花的诱惑
把你的容颜刻在月亮上
多次站在八廓街的木门前
梳理这支离破碎的记忆
可照在红墙上的月光
带着你的笑容越走越远
看着执着而坚定的背影

内心的茫然消失殆尽

只有那说不完的传说

还在我的耳边传颂着

月光下孤独的背影

你我牵手走过的雪地
一对对清晰可见的脚印
在白昼无情的交替中
变成了泥土化成了尘埃
落到了没有风的港湾里

不知月光驱走了黑夜
还是黑夜爱上了月光
匆匆绽放的花朵
匆匆抖动的翅膀
沉入荒芜的夜空中

风吹走了一切，空荡荡
昨日的颜色，今日的惆怅
残缺的月光下，城市里
呼喊着，曾经最美的你

也许，划过天空的流星
就是灵魂深处对你的告别

与你邂逅

若不是等你
布达拉宫
金顶上
不会有
杜鹃的哀鸣
月光的深沉

若不是等你
红墙里
酥油灯下
禅床边
不会有
宁静的背影

若不是等你
眼眶里

酸楚的泪水
不会让
青海湖
变咸

若不是等你
若可以等你
若能等到你
我愿意
化成一朵莲花
开在青海湖里

冬与沉默

风雨侵蚀的沟壑，是人生
慷慨赠送给过去的烙印
是沧桑背后胜利的标志
可这场突如其来的雪
填平了一切
埋葬了所有

你伸出的手
是我梦寐的归宿
我想紧紧握着你不放
可如今，僵硬的身躯
无法随心而动
每一次的渴望
成了目送的殇离

绝望中落入雪的陷阱里

灵魂被禁锢，呼吸被阻塞
躯壳变成了崖壁上的冰雕
想望在七彩的阳光下奔跑
却又害怕在深渊中破碎

皑皑的雪色无限蔓延着
我的灵魂却慢慢畏缩着
最后，隐于雪的沉默中